KB120811

길섶에 잠들고 싶다

천년의시 0080

길섶에 잠들고 싶다

1판 1쇄 펴낸날 2018년 5월 31일
지은이 김젬마
펴낸이 이재무
책임편집 박은정
편집디자인 민성돈, 장덕진
펴낸곳 (주)천년의시작
등록번호 제301-2012-033호
등록일자 2006년 1월 10일
주소 (04618) 서울시 중구 동호로27길 30, 413호(묵정동, 대학문화원)
전화 02-723-8668
팩스 02-723-8630
홈페이지 www.poempoem.com
이메일 poemsijak@hanmail.net

김젬마ⓒ, 2018, printed in Seoul, Korea

ISBN 978-89-6021-374-6
　　　978-89-6021-105-6 04810(세트)

값 9,000원

길섶에 잠들고 싶다

김 젬 마 시 집

천년의 시작

시인의 말

요란하고 시끄러운 소리가 들려
책상 서랍을 열고 시 지갑을 꺼낸다
들썩거리는 시들이 안쓰러워
가만히 시 지갑의 지퍼를 연다
거기 수줍어하는 시들이 꽃밭을 이루고 있다
잘생긴 시만 시인 것은 아니지
시들이 서로를 위로하는 사이
여기저기 '봄이 온다'고 야단들이다
한반도에 어렵게 온 봄이
제대로 된 가을로 익기를 빈다
오랜 세월을 돌아온 나의 시도
이제는 제대로 된 가을로 익기를 빈다
유월은 부는 바람을 따라
알싸한 잉태를 준비하는 계절
시를 사랑하는 사람들 모두
기꺼이 서로들 이마를 맞대고
내 작은 시 지갑을 열어본다

2018년 6월 물빛마을에서
김젬마

차 례

시인의 말

제1부

제1부

사선

비가 사선으로 내리고 있다.

온갖 근심과 걱정
사선으로
비껴갈 수만 있다면

더 굵고 세차게 내려도 좋다.

길섶에 잠들고 싶다

타박타박 걸어가는 발자국 소리
언제라도 심심치 않을
길섶에 잠들고 싶다.

어느새 갈바람
마음도 하늘처럼 드높다.
슬며시 그렸다 놨다 흩트려 놓는 구름.

사이에 태어나
사이에 살다가
사이에 죽는다.

그 순간
산티아고 순례길이 타박타박.

임계점

유리창에 빗방울이
몸집을 키우면
때그르르……

1684년 뉴턴의 빗방울
새삼 만유인력이
작동되는 아침이다.

어디로 떨어지고 있단 말이지.
아득한 절벽.

불안

시간을 밟지 않는다.

건너뛰어 간다.

차분해진 오후,

평온이 풍랑의 자식

잉태하고 있다.

어느 사자의 죽음

　야생의 세계는 양순하다. 아프리카 들판에 먹이 사냥을 하던 무리, 가뭄에 풀도 없는 들판을 헤매고 다니다 어느 날 대장정 길에 오를 준비를 한다. 그중 가장 노쇠한 사자가 함께 떠날 것을 시도하다 포기한다. 다시 일어서 걸어본다. 한참을 달려가는 무리들을 물끄러미 바라보다 다시 주저앉는다. 자신 없는 발걸음 그만 뒤를 돌아본다. 아득히 멀어진 동료들을 바라보며 하염없는 생각에 잠겨 주변을 돌아본다. 나는 어디로 가나. 머리 둘 곳은 어디일까. 바람을 피해 의지해 줄 큰 바위 옆에 웅크리고 앉아 희미하게 보이지 않는 무리를 바라본다. 패기 넘치던 젊음을 회상하며 자리에 눕는다. 다시 일어서 본다. 사지가 흔들흔들 주저앉고 만다. 갈비뼈가 가죽에 밀려 알른알른, 벌판을 누비던 동물의 왕자도 불로초를 구하던 진시황제도 모두 이렇게 순응했을 거라고 귀띔한다. 죽을 사리를 잡고 쓰러진다. 저 멀리 동료들은 보이지 않고 하늘에 독수리 떼 배회한다. 사금파리 같던 눈빛은 희미한 안개등처럼 가물거리고 거친 눈썹은 수풀이 눕듯 내려앉는다. 독수리 떼 낮은 비행 하늘의 사자 순식간에 내려앉아 아침 요기를 한다. 장엄한 조장이 치러지는 순간 하늘의 별똥별이 떨어진다. 무리들도 예감했으리.

집중력

활자들과 씨름하는 중이다.
알알이 흩어졌다가
스러지는 모래알.

지구의 원심력을 동원해
눈치챈 순간
나는 연잎에 뒹구는 물방울이 된다.

무명천에 그려 넣은 노을이길

   긴 시간 삶을 침묵으로 키워온 조카, 눈물 몰래 적시며 피로 써온 언니, 이 기쁨을 나누고 싶다. 글을 적는다는 것은 오늘을 새겨놓는 일이다. 오늘 아침 하늘빛이 내일은 무슨 빛깔로 나팔꽃 넝쿨을 타고 오를지, 맞이한 하루의 색깔을 어떤 빛으로 물들일지, 시 속에 희망 달린 저녁노을처럼 하루 몸을 말갛게 태워 따뜻한 강물에 묻고 싶다.

   저 멀리 후드득
   새들이 날갯짓하며 날아오른다.

홍매화

문풍지 얼룩진
신새벽
산그늘

홍매화 꽃등
걸어
환히 밝히다가

수줍은
새벽 속삭임에
얼굴 붉히고

심지째
타버린
홍매화 가지

밝히다 그만
붉혀 버린 얼굴

첫눈

손톱에 물든 봉숭아 물
초승달 되기 전에
첫눈이 오면
소원이 이뤄진다는 언니는

가슴 조이며 기다리던
손톱 물 아슬아슬 희미해지던 때
내리는 첫눈
앰뷸런스 바퀴에
산산이 부서져 내린다.

생사의 갈림길
첫눈의 기다림은 그렇게
보일 듯 말 듯
하현달 같은 하루

새벽하늘 알아듣지 못할 말
허공에 뿜으며
첫눈은 나풀나풀
공중을 맴돌다 맴돈다……

아버지의 의자

솔밭 속 양지바른 청학헌 고택의 막내아들
구십 노구의 아버지를 봉양한다.

방문을 열어놓고
눈빛으로 살림살이 이야기하시는
아버지, 입맛이 돋을
밥상을 차려 들고 가면
손사래를 치며 안 먹겠다고 한다.

막내아들, 입맛 돋을 반찬을 만들러
얼음 논에 자주 드나든다.
겨울나기 미꾸라지들
통통히 살 오른 놈들만 잡아
추어탕을 끓여드린다.

기운이 돌아오실까.
밥상을 놓아드리고
아버지와 등을 맞대고 의자가 되어서는
눈물 훔치는 막내아들……

아버지가 좋아하시는
대청마루 섬돌
학이 알을 낳았다는 전설이 있어
이름 지었던 청학헌
모기장 치고 아들딸 들락거리던
행복의 공간.

기와에 꽃 핀 세월
아버지 등에는 가느다란
맥박이 서산에
해 넘어가듯
붙잡을 수 없는 야속한 노을이 인다.

침묵

언어의 꼬리질,

홀랑 들켜버린 알몸,

발랄한 언어,

동원해 아우성친다.

남채마을 아낙들의 경전

　　마을 여인들 에베레스트 설산에서 내려오는 물을 성스럽게 받는다. 성스러운 물, 물, 성스럽게 다루는 아낙들, 빨래를 퐁퐁 주물러 방망이로 힘껏 두드리면 저 설산의 신령이 깃들어 밤새 미움 받친 남편을 두들겨준다. 널어 말린 빨래가 타르초의 경전이 되어 휘날리면 남채마을 여인들은 빨래를 경전 삼아 묵은 소원을 빈다.

　　물 다루는 솜씨가 예사롭지 않다.

10시 29분 I

어디로 가야 할지 모르는 것들.
사방이 고요하다.
멈춰버린 시계.
봉인된 시간을 열고 거꾸로 시계를 돌려 본다.
무수히 쏟아지는 말.
빈 병이 토해 낸 말들이 여기저기 뒹굴고 있다.
차마 담을 수 없는 말들.
병 속에 가늘게 붙어있다.

어둠을 깔고 흩어져 있는
세기에 없는 황당 거짓말.
빈 병 속에서 순교자가 되겠다고
교교한 눈빛을 흘린다.
가짜 학력으로 배지를 달아보려는 날쌘 눈빛
고양이의 눈빛에
슬그머니 꼬리를 내린다.

빈 병에 모였다가 와르르 쏟아져 나오는
말. 말. 말. 말.
한바탕 소나기에 씻겨 나가는 녹슨 내장들

비릿한 생선 한 마리,
서둘러 뛰어나온다.

10시 29분 Ⅱ

걸어 잠근 문, 마지막 옷을 벗어놓은 폐처리장, 주신酒神의 손길을 기다리는 것들이 늘어서 있다. 사방은 고요하다. 멈춰버린 시계 어제도 오늘도 봉인된 시계는 열리지 않는다. 프랑스산 포도주에 빨갛게 적신 얼굴도 시계 앞에 서 있다. 조용히 모차르트 야상곡이 10시 29분 사이를 빠져나가고 있다. 밤이슬에 두 입술을 꼭 다문 달개비, 밤이면 활짝 꽃을 피우는 달맞이 서로가 비껴 서고 있다. 멈춘 열기는 후득후득 발정 난 달개비를 잠재운다. 가을벌레도 어느새 눈치채고 슬며시 비켜서 준다. 여전히 시계는 10시 29분!

블라인드

천천히 블라인드를 내린다.

창밖의 여린 잎들이

연신 제 몸을 흔들어댄다.

나도 자꾸 흔들린다.

눈을 차마 둘 수 없다.

그늘을 내어준 새순이

이 모습 올려다보고 있다.

멋진 외로움

옹기종기 차려진 살림
유일한 친구는 텔레비전
누가 와서 벗이라 할까.

먼지가 문구멍 사이로
유유히 빠져나간다.
해 지고 달 뜨는 날, 벗이 되어
이리저리 눈물 적셔 널어놓은 살림
거울 속에는 또 다른 내가 있다.

부뚜막에 그을린 연기
눈물 콧물 버무려 밥 말아 먹고
품속으로 파고드는 바람,
뼛속까지 사무친다.

"스물셋 혼자되었어도
외롭다고 말해 보지 않았어.
속으로 짐작만 해보았지."

아덴만의 영웅

의사고 뭐고, 그냥 직업인으로서의 원칙이라면……, '진정 성'이요. 진심으로 어떤 문제를 해결하려고 최선을 다하는 태도. 인생을 돌이켜볼 때 정말 진정성 있게 일했다고 자부할 수 있는 마음을 갖는 것.

새벽 4시 5분, 나는 칼에 찔린 환자가 왔다는 콜을 받고 급히 일어났다. 짧은 인사를 나누고 서둘러 건물을 나섰다. 바깥은 짙은 어둠, 서늘한 바람이 이마를 스쳤지만 가슴은 여전히 먹먹하기만 했다.

나는 외상외과 의사. 칼에 찔린 사람들을 살리는 것이 나의 업이었다. 그럼에도 사람들은 자꾸 내 눈앞에서 죽어나갔다. 싸우면 싸울수록 내가 선 전장이 홀로 싸울 수 없는 것임을 확인할 뿐이었다.

필요한 것은 '시스템'이었다. 그러나 누구도 그것이 무엇인지 알지 못했고, 알려 하지 않아 알 수 없었다. 신문 기사를 보고 나는 더욱 먹먹해진 가슴을 쓸어내린다.

이런 오늘의 현실에 내게 붙여진 이름은 "악명? 독불장군 이다. 막간다……"

제2부

수도원 감나무

수도원 뜨락, 감나무 한 그루,

오 촉짜리 미니 전구들 밝힌다.

벌건 대낮인데도 얼굴 붉히며

잎새들 밖으로 얼굴 내민다.

지나가던 가을이 지켜보다가

못 본 척 슬며시 딴청을 부린다.

뽀루퉁 돌아앉은 돌부처,

얼굴을 붉히는 미니 전구,

겸연쩍어 씨익 웃는다. 어느새

수도원 가득 가을이 들고 있다.

더위 사랑

곡식이 꽝꽝 여문다.
낟알이 탱글탱글하다.
농부의 땀이
배시시 웃는다.

장항아리 씨간장
종가댁 종부 더위를 모은다.
난리 통에도
씨간장 껴안고
몇백 년, 대를 이어왔다.

더위의, 더위에 의한
더위를 위한
찬가가 드높다.

소슬바람으로 이마를 닦으며
행주치마 고쳐 입고
장광의 씨간장, 보석처럼 빛난다.

항아리

움막의 큰 구멍창
빛줄기 스며든다.
큰항아리의 배, 차오를 즈음
토공은 왼발을 멈춘다.

투박한 손
초승달에 걸린 꿈.
손가락 붓으로
그려낸 산수화.

새우젓국 호박찌개
구수히 익어갈 즈음,
항아리만큼
정이 커간다.

씨 지갑

책상 서랍에 씨 지갑을 꼭꼭 싸놓았다
봉숭아
채송화
분꽃
족두리꽃
나팔꽃

작은 채송화 씨가 서랍을 빠져나와
가출을 했다

급한 모양이다

발신처 땅 밑

"벌말 재성이네는 지난밤 열 섬이나 도둑을 맞았다는구먼. 알고 보니 셋째가 말썽꾸러기인데 그 아들 짓이란가벼. 중안말 박 선생네는 아들이 사법시험에 합격해서 판사가 된다고 잔치가 벌어졌댜."

모여 앉아 온 마을의 숟가락 젓가락 떠드는 시간……

기봉이 할머니, 모시 줄, 삼줄을 끊어내는 귀신같은 손놀림, 아랫마을 윗마을 불려 다닌다. 건넛마을 초상집에서는 진두지휘해 수의를 짓는다.

품품이 손 잣대로 속저고리, 속곳, 단속곳, 속치마, 겉저고리, 겹치마, 악수, 오낭, 버선, 신, 소렴금, 대렴금, 천금, 지금, 베개. 손수 지은 옷 차려입고 할미꽃으로 반기실 그녀

수신처 할미꽃

별 하나 따서

별 하나 따서 구워서 불어서
뚜께 덮고 따게 덮고
별 둘 따서 구워서 불어서
별 셋
별 넷
별 다섯 따서 구워서 불어서

쏟아지는 별을 앞치마에 담아
별을 나눠주던 엄마
손톱에 아주까리 잎 곱게 싸
봉숭아 물 들어갈 때면
졸음에 지친 막내는
엄마의 치맛자락 속으로 들고……

오늘 밤 그 별을 만날 수 있다는
기별이 섬강에서 왔다.

항거리 징거리 박거리
인사만사 주머니 끈
똘똘 말아 장두칼

제비 쪽쪽 모감주
하이경 소이경 허리띠 끈

아야야, 엄마 별이 쏟아진다.

도약

솟구친 흙더미 온통 뒤집어쓰고
복수초 눈망울 발돋움하고 있는데
긴긴 겨울 방구들만 베고 있던 시인,
개구리가 비웃고 있다.

겅중겅중 걸어가는 허깨비,
고흐의 턱수염 같은 점박이 수염,
"세상 사람들은 답답하오리만
산 넘고 물 건너 바다까지
단숨에 뛸 것이니 걱정일랑 붙들어 매소."

밤낮 없이 독주에 절은 정언正言
겨울나무 유리창에 버티고 섰다가
중언부언 슬금슬금 숨어버린다.
그동안 가만히 있지는 않았나 보다.

여기저기서 시詩가 키 재기를 하고 있다.

달빛 소곤대는 밤

어둠을 뒤집어쓰고 있는
깜박이다 졸음에 겨운
호롱불의 외로움
신리재 마을의 밤이 깊다.

서서히 퇴화된 눈
어둠을 가늠할 길 없다.
공중에 떠 있는 밤길
먹구름 속을 걷는 듯
닐 암스트롱의 걸음으로 걷는다.

오랜 시간 길들여져 온 밝은 눈
유성이 꼬리를 내린다.
하얀 눈썹, 길 잃고 철새 되어
인적 끊긴 오두막
적막이 두께로 덮인다.

멀리 자장磁場하는 그리움
연신 도심으로
어둠을 송신하고 있다.

알 수 없는 길

살아서는 걸을 수 없는

길 하나 가로지르고 있다.

길은 끝에서 열리고

이승의 저쪽

분명 무엇이 있기는 하나

알 수 없어 열심히 설교를 듣는다.

길 하나 가로지르고 있다.

가문가문 알 수 없는 길

들어서야만 알 수 있는 길

두 눈 동그랗게 뜨고

사자의 손에 잡히지 않으려

사방을 둘러본다.

그곳이 어디인지 모르지만……

라일락

담장 안에 갇혀있던 라일락,
어느새 봄을
담장 밖으로 퍼내고 있다.

별밤에 떼쓰던 가슴
신랑으로 맞는 달빛에
몸을 푼다.

질투 난 매화 향
푸른 물감 풀듯
질세라 품속에 품지만

자꾸만 담장 밖으로
봄을 퍼내는 라일락 소나타.

엄마의 자리

바람이 수놓고 간
마당가
엄마 숨결이 뜸으로 박혀 있네.

엄마가 다녀가신 자리
예쁜 채송화 몇 송이
엄마 뺨이네.

지나가던 구름
잠시 들러 쉬는 사이
심술 난 바람
몰래 스며들어 오네.

꽃그늘 거듭 흔들어
가슴에 내몰고 가네.

낱알

그중 작은
생명의 단위.
그러나 단단한 각질의
갑주를 두른
목숨의 핵.

풍요는 한 알의
밀 핵에서 비롯한
생명의 경작.

그 귀함 앞에 서면
나 또한
한참 가지 뻗기 하는
키 재기 하는 삶.

내일의 풍요를 위해
목숨의 이랑에 경작되는
낱알.

멍석

그늘로는 다 채울 수 없는
멍석 위에
햇볕이 넘친다.

빨간 고추로 드러누운
가을이
기운 한나절에도
깨어날 줄을 모른다.

그늘 가장자리만 맴돌다가
땡볕 들라고
멍석 위에 켜켜로 포개지는
가을 햇볕.

멍석은 커다란 화로가 되어
이글이글 타는 불씨들을
물어 나르고 있다.

린포체|Rinpoche*

눈동자 속에 고승이 살고 있다.
스승으로 모시고 동행하는 우르캬
육십 나이에 모든 것 다 내려놓고 어린 앙뚜를 모시고 산다.

천진난만한 어린 고승,
라면이 맛있는 앙뚜,
스승과 축구하며 까르르르……

전생에 캄 사원에서 살았던 앙뚜,
그곳 티베트를 가야 하는데 중국과의 분쟁으로
인도로 돌아 돌아 설산을 넘어 긴 여정을 떠난다.

험난한 길을 걸으며
흩어졌다 모이는 구름 고개를 넘어

"다시 태어나도 우리."

* 린포체Rinpoche: 전생의 업을 이어가기 위해 몸을 바꿔 다시 태어난 티
  베트 불가의 고승, 살아있는 부처로 불린다.

K2

지붕 없는 학교, 책상도 없는 학교
몽당연필 땅바닥에 공책 펴고
쥐어지지 않는 주먹으로

어느 시인은 구름이 수제비.
어느 시인은 구름이 셀로판지.
하늘 운동장 아이들은 구름이 풍선.

'선생님이 되고 싶어요'
설산이 녹아 파르르 흔들린다.
이 얼마나 떨리는 꿈인가.

오월 하루

오월의 마지막
맛있는 바람의 맛
꼭 안아보셨는지요.

더위가 곤두박질칠 때마다
친구를 불러내어
손부채를 만드셔요.

하얀 이 드러내며
까르르 웃던 그 웃음
바람에 실려 나와요

졸음 지친 오월
섞어 친 바람에 아들을 잉태하고
알싸한 밤꽃들
유월을 만든다네요.

제3부

바람 사나이*

바람 따라 쫓아다닌 사나이,
이 오름 저 오름 바람이었던 사나이,
바람 옷을 걸치고
떨어져 나간 살점을
현무암 검은 구멍에 채운다.

풍경을 물고 고단한 하루 버무린 사나이,
잡초 우거진 학교 뜰
소박한 미소로 다시 웃고 있다.
수선화 한 송이 벗이 되어있다.

돌돌돌 말아 들어간 바람
힘줄이 빠져나가는 줄도 모르고
이 오름 저 오름
바람 따라간 영혼.
핏물 밴 햇살, 버섯을 피우고 있다

* 바람 사나이: 사진작가 김영갑을 지칭하는 말. 루게릭 병으로 작고.

수의

징용 나가 태평양 전쟁 어느 곳에 묻혔는지
생사 모를 아들을 기다리던 손,
부역 나가 돌아오지 않는
남편을 기다리다 물레 잣던 손,
가늘고 긴 빨랫줄에 아픈 손 걸어두고
핏물이 얼룩지게 노래하던 손,

보았지.
들었지.

기봉이 할머니 위안하며 풀무질하던 소리
등잔불에 무르팍 반질반질 빛나게 삼 삼던
마당에 불 피우고
고운 뿌리 솔로 밤새 삼던 삼줄.

하늘을 이어주고 언 가슴을 풀어주던
두런두런 삼줄에 풀 먹이고
아픔도 시름도
서리서리 담기는 광주리.

덜컹덜컹 베틀에 삽삽하게
짜지는 삼베 한 폭
시름도 한 켜 한 켜 쌓여 간다.

수의 만들어 곱게 시렁 위에 얹어놓고
날 좋은 날에 훨훨
카랑카랑 입고 갈 옷 준비하는 기봉이 할머니.

그대는 아는가 이 마음을

마포 작가회의 앞 생맥줏집 한쪽
웅성웅성 하나둘 모여들기 시작한다.

한 잔씩 부딪치며 무슨 말인지 모를
말들이 공중에 가득 떠돈다.

거대한 주酒와 나를 넘나들며
책상다리 난닝구 바람에
'그대는 아는가 이 마음을'

밤새도록 그대 마음 알아주는 이는 없고
김정환 시인이 생짜배기 소리를 질러댄다.

공중에 떠도는 소리,
자정을 넘어 휘청거리는 다리,

야곰야곰 밤은 풀려 먼동이 터오고
조간신문 한 귀퉁이
어느 노동자의 죽음을 알리고 있다.

소 떼

　소 떼들은 초원이 낙원, 이념의 경작으로도 일구지 못한
인위의 이상향, 초원은 무위의 샹그릴라, 소 떼들의 천국이
다. 지상낙원을 꿈 대신 풀뿌리로 목숨 달래는 이데올로기의
적토赤土, '차라리 나도 소나 되었으면' 사람도 넘지 못하는 38
선을 소 떼가 넘고 있다.

빈 하늘

아침은 밤새 만들어놓은
두려움 세 근.

한낮은 창에 걸어놓은
그늘 한 근.

저녁은 하루 치씩 밀어 올리는
피곤이 반 근.

무게로는 계량되지 않고
지상에 뿌리내리지 않아도

빈 하늘에 마음대로
그릴 수 있는 자유.

허허로운 빈혈기가
수혈 침을 맞고는

턱없이 모자란 꿈을
허공에 부채질하고 있다.

주머니 속

일출이 꾸물대며 절망을 주무르는데
나뭇잎 사이, 구름이 서성이다가
주머니 속의 꿈 만져본다.

라면 상자 침대, 신문지 이불
문득 여인의 숨소리를 듣는다.

간밤 술을 취하게 했던 소주병,
텅 빈 꿈으로 가득 차있다.

킹킹거리던 강아지가 다가와
코를 벌름거리며 내장을 요동치게 한다.

소주병을 물어 가는 강아지,
IMF에 갇혀 있는 희망,
꺼냈던 아침을 다시 주머니 속에 넣는다.

콩돌

까만 눈을 하고 파도에 몸 비비는 시간
가슴을 맞대고 평화의 닻 내린다.

바닷가 콩돌, 두런두런 저녁상
상 옆에 자리 잡고 앉은 콩돌
도심의 불빛에 부끄러워 몸을 감춘다.

밤이 깊을수록 파도가 씻겨 주던
거대한 자연의 의식.

백령도 콩돌이 검은 손에 이끌려
화려한 네온에 몸을 내어주고
어둠만큼 두꺼운 사상 교육을 받는 중이다.

할미꽃

할머니가 좋아, 할머니가 좋아
양지 녘 무덤가에
무엇 하고 있을까.

세상살이 다하고 흙짐 지고 있을 때
수줍다고 허리 굽혀
할미로 피어나지.

가는 솜털 꼿꼿이 울화가 치밀어
고개 들고 한숨
뿜어내는 할미꽃.

눈 부릅뜬 아파트, 밀려나는 무덤
할미꽃, 아슬아슬
어디론가 떠나고 있지.

하얀 조가비

바다가 묻어있고
모래 내음 그리운 하얀 조가비
너를 간직하기 위해
쌈지에 싸왔지.

밤새 바스락 달그락
무엇을 속삭였니
바다에 돌아가려
친구를 불러보았니.

내일은 재잘재잘
금란 친구들에게 자랑하려고
예쁜 포장에
멋도 부려놓았지.

넌 그래도 바다로
돌아가고 싶은 거지
친구들이 샘나게 기다려도
바다의 물무늬가
그리워 돌아가고 싶은 거지

아카시아

유월의 한반도 산야는
어지럼증 중독 중.
조롱조롱 다문 입
솔침에 찔려 수술 중.

논두렁 베고 하늘 바라보며
코 한 번 벌렁대면
아편 맞은 환각처럼
몽롱한 환자.

샤넬보다 더한 향수
온밤을 적신다.
아카시아 향에 젖어 가슴 열면
알싸한 소년이 된다.

새끼 고양이들

늦은 밤길 한동안 보이지 않던
몸집이 큰 길고양이, 산달이 되어
몸 풀고는 어슬렁거린다.

제 얼굴보다 큰 눈을 하고
그새 새끼 고양이들, 밤거리에 나온다.
눈부신 헤드라이트 불빛
얘들아. 어디로 가야 하지.

야옹야옹 소리 듣고는
따라나선 밤길
낯선 계단을 타고 옥상까지
새끼 고양이들은 오른다.
주인 할머니 길고양이 새끼라며
단박에 내치는데.

얼떨결에 따라 올라온 계단은
천 길 낭떠러지,
새끼 고양이 한 마리
발발발 떨며 헤어진 형제들

애타게 부른다.

그 모습 지켜보던 사람
전신주에 숨어 새끼 고양이들 모습
가슴 조이며 훔쳐보고 있다
처음 세상에 나온 저 새끼 고양이들
어디로 가야 하지.

시성詩性

1월은 마음 깊은 곳에 머무는 달, 추워서 견딜 수 없는 달, 눈이 천막 안으로 휘몰아치는 달, 나뭇가지가 눈송이에 똑똑 부러지는 달, 얼음 얼어 반짝이는 달, 바람 부는 달, 2월은 물고기가 뛰노는 달, 너구리 달, 홀로 걷는 달, 기러기가 돌아오는 달, 삼나무에 꽃바람 부는 달, 새순이 돋는 달, 3월은 마음을 움직이게 하는 달, 연못에 물이 고이는 달, 암소가 송아지 낳는 달, 개구리의 달, 한결같은 것은 아무것도 없는 달, 4월은 생의 기쁨을 느끼게 하는 달, 머리맡에 씨앗을 두고 자는 달, 거위가 알을 낳는 달, 옥수수 심는 달, 5월은 알이 털갈이하는 달, 뽕나무의 달, 옥수수 김 매주는 달, 말이 살찌는 달, 6월은 옥수수수염이 나는 달, 더위가 시작된다는 달, 나뭇잎이 짙어지는 달, 황소가 짝짓기하는 달, 말없이 거미를 바라보게 되는 달, 7월은 사슴이 뿔을 가는 달, 천막 안에 앉아있을 수 있는 달, 옥수수 튀기는 달, 들소가 울부짖는 달, 산딸기 익는 달, 8월은 옥수수가 은빛 물결을 이루는 달, 아는 모든 것을 잊게 하는 달, 노란 꽃잎의 달, 기러기가 깃털을 가는 달, 건조한 달, 9월은 사슴이 뿔을 가는 달, 사슴이 땅을 파는 달, 풀이 마르는 달, 작은 밤나무의 달, 옥수수를 거두어들이는 달, 10월은 시냇물이 얼어붙는 달, 추워서 견딜 수 없는 달, 양식을 갈무리하는 달, 튼 바람의 달,

잎이 떨어지는 달, 11월은 물이 나뭇잎으로 검어지는 달, 산책하기에 알맞은 달, 강물이 어는 달, 만물을 거두어들이는 달, 모두 다 사라지는 것은 아닌 달, 12월은 다른 세상의 달, 침묵하는 달, 나뭇가지가 뚝뚝 부러지는 달, 무소유無所有의 달, 늑대가 달리는 달……

인디언은 가장 위대한 시성을 가졌다.

뿔논병아리

절대로 넘어지지 않을 거야.
무릎 깨지지 않을 거야.
무서워하지 마.
여기 엄마의 품이 있잖아.
여기 아빠의 등이 있잖아.

물 그네를 타고 있는 뿔논병아리
엄마는 막내를 태우고
아빠는 둘째 셋째 넷째를
넓은 등에 태우고 물 구경한다.

십오 일간 여행이 끝나면
세상을 혼자 나서야 한다.
아빠 등에 타고 바라보는 세상
주뼛주뼛 물 위에서
다시금 두리번거린다.
내 발, 물장구를 칠 수 있을까.

새해

오늘은 일 년을 반으로 접은 날,
접은 것을 펴면 다시 새해가 된다.

조문국*

다문다문 꽃잎이 지고 자색으로 물드는 들판,

도포가 작약이 되어 무덤을 지키고 있다.

삼한시대의 숨결이 봉긋한 가슴을 하고

기다리다 지친 조문국, 소나무 비녀 삼아

비바람 어루만져 준 무덤, 팥죽 할미의 젖가슴.

* 조문국: 삼한시대 초기 국가.

제4부

큰 외숙모

눈 감고 밭매기

불 때며 졸기

덩달아 졸다가

깨는 쇠비름

밭이랑에 빨간

다리를 내놓고

외숙모, 기다린다.

1971년 12월 19일

코끝이 에이는 겨울이었네.
수술이 성공했다고 기사를 쓰고 있는 동안
피는 심장을 뚫고 솟구쳤네
저수지가 터져 물이 솟구치듯
천장을 뚫을 듯 솟구쳤네.
말똥한 정신, 막을 수 없는 심장……
친구야. 내 아이들 잘 부탁해.
한마디 하고는 눈을 감은 아빠는 스물아홉.
파르르 엄지손가락 빠는 딸과
웅얼거리는 까만 눈을 단 딸을 두고
감기지 않는 눈을 감은 지 46년.
빗물에 비문이 팬 자국,
손으로 쓸어내릴 만큼
비석은 많은 나이를 먹었네.
청상과부 그녀, 묵주반지 다 닳아
문패 없는 주소가 되고
가문가문 기운 초가집처럼 낙수에 젖었네.
아빠의 얼굴을 모르는 아이들은
엄마 울지 마. 떡이나 먹고 울어.
슬픔이 무엇인지 모르는 딸들

엄마의 의자가 되었네. 걸핏하면 그녀

남편의 묘지 옆에다 묻어달라고 했네.

묘지 관리인은 한 줌 재로 와야 받아준다고 했네.

죽어서나 남편의 곁에 가나 했더니

불이 뜨거워 그녀는 아직 가지 못했네.

무덤가 소주병으로 벌렁 누워

낮술에 취해 망자의 소리를 대신하기도 했네.

세상 별것 아니네. 지금은 바람 부는 대로

그녀, 마음 가는 대로 살아가고 있네.

산골 화백

바람을 그리면 바람이 솔솔 불고
물을 그리면 샘물이 퐁퐁 솟고
구름을 그리면
붓 속에 비가 들어 내린다.

고즈넉 산골 마을
낙숫물 소리.
발그레 한 잔 술이
노을이 될 줄이야.

화마火魔가 들이닥쳐
한입에 삼켜버린 화방
자식들 황망히 보내고
타다 남은 잿더미.

새 화구 문방구 위문품이 당도하자
잃었던 자식들 다시 들어선다.
허허허 화방에
새 식구들 들어서니
참새들이 반겨준다.
어린아이가 된 산골 화백.

꽃무릇

빨간색 회장저고리 초록 치마
새색시 수줍음 너무 좋아
밤마다 마음 설레며
문지방 넘고 싶었겠지.

초록 치마 다 벗고 있었다는 말인가.
꽃 속에 파묻히면
금방이라도 빨간색 회장저고리 훌훌 벗어 던지고
단걸음에 새신랑 불러들일 것 같은

불이야! 불! 속눈썹 길게 말아 올리고
새빨간 입술 샐쭉이는
잎과 꽃, 끝내 만나지 못하는 슬픔이야.

어느 날 털썩 온몸 비비고 싶은
어느 날 문득 바람이라도 나고 싶은
꽃, 꽃, 꽃, 꽃, 꽃…… 꽃무릇.

엿치기

엿에는 숭숭 바람이 들어있다.
엿치기 사내아이들
뚱뚱하고 미끈한 엿을 골라
주문을 외우고는
엿을 툭, 하고 잘라
구멍 난 크기에 승부를 건다.

푸석한 서리밭의 구멍 숭숭한 무의 다리,
고깃국에 둥둥
고구마 통가리처럼 부은 산모의 다리,
뼛속마다 구멍 난 어머니 다리,
밤새 들락거리며
엿치기 아이들 내려다보고 있다.

조금씩 기울어 피사의 사탑이 된 채
지구를 받치는 무릎,
엿치기 개구쟁이들아.
구멍 난 뼛속의 아직 남은 승부
너희들에게 꿈을 줄지도 몰라.

물버들

시냇가의 봄이 붕붕거리며 날고 있다.

퇴적층 깊은 곳

폐부를 밀어 올려 긴 숨을 뿜는다.

퉁, 부푼 물고기 눈이

퇴적의 분노를 토한다.

물버들, 수양버들, 수양의 넋 달래주려

오늘도 너울너울 긴 소매 승무를 추고 있다.

망초꽃

바다가 재운 계절인가 보다.

논밭이 망초꽃 가득 바다를 이루고 있다.

까악까악 갈까마귀 울고 가면

일제히 고개 드는 망초꽃

갈까마귀 까악까악 우는 소리

전쟁 나가 돌아오지 않는 남편의 소식

망초꽃 서성서성 피는 저녁이면

아낙의 가슴, 그리움으로 까만 숯이 된다.

동굴

어둠만이 드나드는 원시의 본적지.

밝음에 굴복해 백목白目이 되어버린

박쥐 떼가 주인인 곳.

한때는 공룡이 세 들어 살았지만

이제는 아무것도 살지 않는 곳.

지금은 종종 반딧불만 찾아오는 원적지.

천장

누워서 보는 유일한 세상
그려 넣으면 별도 뜨고
해도 뜨고 달도 뜨는 곳.

팔베개하면
천장에 오버랩되는 기억의 저편
일기 같은 생의 사연들
촘촘히 박혀 나온다.

눈을 좀 깜빡여 봐.
마음으로 꿈을 읽어가는
조카와 이모.

와르르 무너져 내린 천장 속
십삼 년 세월이
하얀 구름 되어 흩어진다.

꿀꺽 옹달샘

"깊은 산속 옹달샘 누가 와서 먹나요" 꿀꺽꿀꺽
"새벽에 토끼가 눈 비비고 일어나 세수하러 왔다가 물만 먹고 가지요" 꿀꺽꿀꺽

말 배우는 루나의 노래
신옹달샘의 노래로 리메이크되었다.

토끼는 꿀꺽꿀꺽

옹알이가 달랐던 루나, 영어로 선생님은 '치털',
참신한 언어가 옹달샘처럼

퐁퐁퐁!

바람아

구름을 흩어놓고 도망치는 바람아.
그리움 흩어놓고 도망치는 바람아.
사랑을 흩어놓고 도망치는 바람아.
슬픔을 흩어놓고 도망치는 바람아.
반가움 흩어놓고 도망치는 바람아.
이별을 흩어놓고 도망치는 바람아.

바람아. 너는 어찌 그리도 심술 사납냐.
아직은 기우는 해, 조금 남아있는데.

친구에게

언제나 사랑은 그냥
외로운 미루나무야.
동무 삼아
한 잎 바람에 떨며
손사래를 치는 거야.

기쁨은 실바람에
가늘게 늘어놓은 채송화야.
검은다리실베짱이 달맞이꽃이 한바탕 놀아나면
여문 씨를 잉태한다고 하지.

유난히 미루나무 흔들릴 때
다시 삶을 광주리에 담아보는 거야.

친구야 거기 있어?

봄날의 부자

새잎들이 바람 부채를 하고
저요, 저요 손 드는 봄날,
밀어 올린다, 땅속의 물감들.

어머니의 거북 등 같은 손잔등,
아들은 가만 쥐어보다가
가만히 봄꽃 다발 쥐여드린다.

눈을 감은 어머니의 얼굴
가슴 깊이 파묻는 아들
산수유로 다문다문 피어오른다.

작고 조그만 것들의 의미망
—김젬마의 시 세계

이은봉(시인, 광주대학교 문창과 교수)

1.

지금 이곳의 삶을 만들어가는 자본주의 사회는 매우 다양한 특징을 갖고 있다. 크고 높은 것, 넓고 많은 것을 추구하는 것도 지금 이곳의 자본주의 사회가 갖고 있는 특징 중의 하나이다. 이러한 특징은 시의 경우에도 마찬가지이다. 터무니없는 길고 큰 내용을 담고 있는 것이 지금 이곳의 시이기 때문이다.

지금 이곳의 시가 이처럼 길고 큰 내용을 갖는 것은 우선 지금 이곳의 시인이 시를 독서의 대상이 아니라 표현의 대상으로 생각하는 데서 기인하는 것으로 보인다. 읽는 사람의 입장보다는 쓰는 사람의 입장에서 창작되고 있는 것이 지금 이곳의 시인 듯하다는 것이다. 한편으로는 자본주의 시대에 이르러 더욱 구체화된 자아의 발견, 자아의 실현과도 무관하지 않은 것이 시가 이처럼 길고 큰 내용을 갖는 이유가 아닌가 싶다.

그렇다고는 하더라도 반성할 줄 모르는 채 횡설수설하기만 하는 지금 이곳의 시에 대해 무조건 박수를 칠 수는 없다. 시가 문학의 중심이 되기 시작한 낭만주의 이후 좋은 시, 명시로 평가되는 것들 중 지금 이곳에서 발표되는 시처럼 길고 내용이 큰 경우는 별로 많지 않기 때문이다. 한국근현대시사에서도 명편으로 평가받는 시들은 지금 이곳의 그것들처럼 길고 지루하지 않은 것이 확실하다.

이러한 맥락에서 생각하면 길이며 분량이 짧고 작으면서도 강렬한 인상을 주는 시가 주목이 되는 것은 당연하다. 최동호 등의 시인에 의해 극서정시가 운위되고 있기는 하지만 한국현대시사에서는 본래 길이며 분량이 짧고 작으면서도 강렬한 인상을 주는 시의 전통이 계속되어 온 바도 있다. 박용래 시의 뒤를 잇는 이시영, 서정춘, 강신용, 최종진 등의 시가 그 대표적인 예라고 할 수 있다. 그뿐만 아니라 최근에 들어서는 윤효, 나기철, 이지엽, 정일근, 함순례 등의 〈작은 씨앗, 채송화〉 동인들에 의해서도 짧은 시, 작은 시 운동이 일어나고 있다. 이 글에서 논의하려고 하는 김젬마의 시도 이들의 시와 계보를 함께하고 있거니와, 그의 시는 좀 더 앙증맞고 예쁜 마음을 바탕으로 하고 있어 관심을 끈다.

박용래나 이시영의 시의 영향을 짐작케 하는 김젬마의 시로는 「큰 외숙모」「바람아」 등을 예로 들 수 있다. 이들 시 역시 전통적이면서도 토속적인 가치에 기대며 작고 조그만 서정을 추구하고 있기 때문이다. 이러한 점에서 생각하면 다음의 시에서 박용래나 이시영의 시를 연상하기는 별로 어렵지 않다.

눈 감고 밭매기

불 때며 졸기

덩달아 졸다가

깨는 쇠비름

밭이랑에 빨간

다리를 내놓고

외숙모, 기다린다.

—「큰 외숙모」 전문

김젬마의 이 시는 먼저 박용래의 시 「할매」나 이시영의 시 「당숙모」를 연상시킨다. 박용래나 이시영의 시가 갖고 있는 토속적이면서도 전통적인 서정을 듬뿍 지니고 있는 것이 이 시이다. 물론 이 시가 박용래나 이시영의 시가 갖는 특징을 있는 그대로 모사하고 있는 것은 아니다. 나름대로는 저 자신의 영역을 확실히 개척하고 있는 것이 그의 시이기 때문이다. 그의 시 역시 작고 조그만 것들이 갖는 서정의 세계를 십분 추구하고 있기는 하더라도 말이다.

2.

김젬마의 시가 갖고 있는 작고 조그만 것들이 갖는 의미망에 대해서는 좀 더 주목해야 할 것이 있다. 그의 시들이 언제나 문득, 별안간, 순간의 형식으로 획득되고 있기 때문이다. 머릿속에 떠오르는 서정이나 이미지를 갑자기 한순간에 포착해 내는 것이 그의 시의 방법적 특징이다. 번개처럼 움직이는 마음이 한순간 빛나는 언어로 환원되는 경우 시가 불필요하게 길어지거나 무질서하게 상념이 뒤엉킬 리 만무하다. 그의 시가 짧아지고 이미지가 선명해지는 데는 이러한 이유도 없지 않아 보인다. 「사선」「임계점」「집중력」「침묵」 등의 시가 그 대표적인 예이다.

다음은 "사선으로 내리는" 비를 보고 떠오르는 상념을 순간적으로 포착해 내고 있는 시이다. 이 시에서는 객관 대상의 하나로 선택되는 비의 이미지가 시인의 마음 안에서 한순간 추상과 뒤섞이고 있는 것을 확인할 수 있다.

비가 사선으로 내리고 있다.

온갖 근심과 걱정

사선으로

비껴갈 수만 있다면

더 굵고 세차게 내려도 좋다.

―「사선」 전문

　1연에서는 "사선으로 내리"는 비의 이미지가 투사된 뒤 2연, 3연에서는 그에 따른 관념이 뒤섞이고 있는 것이 이 시이다. 객관 대상의 하나로 선택된 사물의 이미지가 시인의 마음 안에서 크고 작은 상념을 불러일으키는 방식으로 창작된 것이 이 시라는 것이다. 그렇다. 이 시집에서는 이러한 방식으로 창작되고 있는 시가 큰 흐름을 이루고 있다.

　시인의 마음 안에서 객관 대상의 하나로 선택된 사물의 이미지가 크고 작은 추상을 불러일으키는 까닭은 무엇인가. 이는 무엇보다 시인의 자아가 예의 사물의 이미지에 깊이 간섭하고 있다는 것을 가리킨다. 말하자면 이들 시에서는 선택된 사물의 이미지에 시인의 자아가 일정하게 간섭을 하고 있다는 것이다.

　그렇기는 하더라도 시인 김젬마는 본래 나보다는 남을 좀더 소중하게 여기는 사람이다. 그래서일까. 그의 시에는 자아는 되도록 감추고 세계는 되도록 드러내는 방식을 취하고 있는 시가 적잖은 양을 차지하고 있다. 「항아리」「홍매화」「수도원 감나무」 등의 시가 그 대표적인 예이다. 이들 시에서 그는 객관 사물은 섬세하게 점묘하는 모습을 보여 주지만 주관

자아는 극도로 절제하는 모습을 보여 준다. 나보다는 남을, 주체보다는 객체를 좀 더 소중하게 여기는 그의 마음이 잘 드러나 있는 것이 이들 시라고 할 수 있다.

문풍지 얼룩진
신새벽
산그늘

홍매화 꽃등
걸어
환히 밝히다가

수줍은
새벽 속삭임에
얼굴 붉히고

심지째
타버린
홍매화 가지

밝히다 그만
붉혀 버린 얼굴

—「홍매화」 전문

이 시의 중심 대상은 '홍매화'이다. 이 시에서 시인은 이 '홍매화'에 대해 별로 간섭을 하지 않는다. 시의 밖에서 시인은 그저 '홍매화'가 처한 상황을 있는 그대로 점묘해 낼 따름이다. 따라서 이 시에는 시인의 자아가 과감하게 절제되어 있다고 해야 옳다.

그가 이러한 시를 선호하는 까닭은 그의 사유와 행동이 본래 주관보다는 객관을 지향하기 때문인 듯싶다. 그렇다고는 하더라도 그가 언제나 타자만을 따르며 비주체적으로 사는 것은 아니다. 때로는 "타박타박" "발자국 소리"와 함께 길을 걸어가다가도 그냥 "길섶에 잠들고 싶"(「길섶에 잠들고 싶다」)어 할 때도 있는 것이 그이다. 더러는 그도 주체의 욕망에 따라 살짝 일탈하고 싶은 마음을 갖고 있다는 것이다.

하지만 그가 끝내 균형을 잃지 않는, 상대적 가치를 소중히 여기는 사람인 것만은 분명하다. 더구나 그는 이러한 가치를 자신의 시에 익히 형상화시키고 있어 주목이 된다. 그의 시에는 이처럼 일방적인 것, 편벽된 것에 대한 거부감이 상대적 가치에 대한 깨달음과 함께 잘 드러나 있는 것이다. 「불안」 「집중력」 「블라인드」 등의 시가 그 대표적인 예이다.

천천히 블라인드를 내린다.

창밖의 여린 잎들이

연신 제 몸을 흔들어댄다.

나도 자꾸 흔들린다.

눈을 차마 둘 수 없다

그늘을 내어준 새순이

이 모습 올려다보고 있다.

　　　　　　　　　　　　　　—「블라인드」 전문

　이 시에서 시인은 "블라인드"가 내려진 방 안에서 "창밖의
여린 잎들이/ 연신 제 몸을 흔들어"대는 것을 바라본다. 그러
면서 그는 "창밖의 여린 잎들"처럼 저 자신의 몸도 "자꾸 흔
들"리는 것을 느낀다. 창밖의 여린 잎들과 저 자신이 조화와
균형을 이루고 있는 것을 조금은 쑥스러워하고 있는 것이 여
기서의 시인이다.

　"창밖의 여린 잎들"과 시인이 서로 호응하고 있는 이 시를
통해 알 수 있는 것은 그가 늘 균형을 잃지 않는 가운데 상대
적인 조화를 꾀하는 사람이라는 것이다. 이러한 그의 시 정
신은 특히 자연을 재발견하는 일과 뒤섞여 있어 좀 더 관심
을 끈다.

　자연을 재발견하는 가운데 전개되고 있는 것이 그의 시 정
신이라고 했지만 실제로는 삶을 재발견하는 가운데 전개되고
있는 것이 그의 시 정신인지도 모른다. 그의 시에 의해 재발
견되는 자연의 경우 언제나 삶 일반과 밀접하게 연결되어 있

기 때문이다. 「더위 사랑」 「라일락」 「멍석」 「오월 하루」 「콩돌」 「아카시아」 등의 시가 그 대표적인 예라고 할 수 있다.

> 담장 안에 갇혀있던 라일락,
> 어느새 봄을
> 담장 밖으로 퍼내고 있다.
>
> 별밤에 떼쓰던 가슴
> 신랑으로 맞는 달빛에
> 몸을 푼다.
>
> 질투 난 매화 향
> 푸른 물감 풀듯
> 질세라 품속에 품지만
>
> 자꾸만 담장 밖으로
> 봄을 퍼내는 라일락 소나타.
>
> —「라일락」 전문

이 시의 중심 소재는 '라일락'이다. 이 시에서 '라일락'은 "담장 안에 갇혀 있"지만 "어느새 봄을/ 담장 밖으로 퍼내고 있다". 이러한 라일락은 이내 "신랑으로 맞는 달빛에/ 몸을" 풀기까지 한다. 라일락과 달빛이 곧바로 젊은 신부와 신랑이 되어 새로운 생명을 낳고 있는 것이다. 자연의 생태가 금세 인간의 삶으로 전이되고 있는 것이 이 구절이라고 할 수 있다. 이어지고 있는 "질투 난 매화 향/ 푸른 물감 풀듯/ 질세라 품속에 품"는다는 구절도 자못 기발해 보인다. 이 시의 결구에 이르러 시인은 향기로 상징되는 라일락의 이미지를 소나타라는 음악의 이미지와 병치시키기까지 한다.

이처럼 그의 시에서 자연은 재발견될 뿐만 아니라 새로운 정신을 낳는다. 물론 여기서 말하는 자연의 재발견에는 늘 삶의 재발견이 함유되어 있다. 실제로는 이러한 방식으로 전개되는 방법적 특징이 그의 시가 이루는 정작의 의미망인지도 모른다. 이러한 특징과 관련해 돋보이는 것은 자연의 눈으로 자연 저 자신의 처지를 노래하고 있는 시이다. 사물의 눈으로 사물 저 자신의 형편을 노래하는 시 말이다.

절대로 넘어지지 않을 거야.
무릎 깨지지 않을 거야.
무서워하지 마.
여기 엄마의 품이 있잖아.
여기 아빠의 등이 있잖아.

물 그네를 타고 있는 뿔논병아리
엄마는 막내를 태우고
아빠는 둘째 셋째 넷째를
넓은 등에 태우고 물 구경한다.

십오 일간 여행이 끝나면

세상을 혼자 나서야 한다.

아빠 등에 타고 바라보는 세상

주뼛주뼛 물 위에서

다시금 두리번거린다.

내 발, 물장구를 칠 수 있을까.

—「뿔논병아리」 전문

　이 시의 화자는 '뿔논병아리'이다. 뿔논병아리가 저 자신의 목소리로 저 자신의 처지에 대한 두려움을 토로하고 있는 것이 이 시이다. 이 시는 세상을 바라보는 시각이 뿔논병아리로 바뀐 것만으로도 새로운 감각을 준다. 뿔논병아리가 저 자신에게 다짐하는 말이 주는 예쁘고 앙증맞은 분위기가 감각을 새롭게 만든다는 것이다. "절대로 넘어지지 않을 거야. / 무릎 깨지지 않을 거야. / 무서워하지 마" 등의 자기 다짐 말이다. 이 시에 따르면 "십오 일간 여행이 끝나면/ 세상을 혼자 나서야" 하는 것이 뿔논병아리이다. 뿔논병아리가 "아빠 등에 타고 바라보는 세상"이 두려워 "주뼛주뼛 물 위에서" "두리번거"리는 모습이 눈에 선하다.

　자연을 재발견하고 있는 그의 시 중에는 「동굴」처럼 원시적이고 신비적인 사물을 깨닫고 있는 예도 있다. 그뿐만 아니라 자연을 재발견하고 있는 그의 시 중에는 이런저런 역사의 현장을 깨닫고 있는 것도 없지 않다. 「물버들」「망초꽃」 등의 시가 바로 그 예라고 할 수 있다. 이들 시에서는 자연의

사물이 교묘하게 인간의 역사와 만나고 있어 그가 추구하는
상대적 균형과 조화를 잘 알 수 있게 해준다.

바다가 재운 계절인가 보다.

논밭이 망초꽃 가득 바다를 이루고 있다.

까악까악 갈까마귀 울고 가면

일제히 고개 드는 망초꽃

갈까마귀 까악까악 우는 소리

전쟁 나가 돌아오지 않는 남편의 소식

망초꽃 서성서성 피는 저녁이면

아낙의 가슴, 그리움으로 까만 숯이 된다.

—「망초꽃」전문

이 시에서는 시인이 우선 "재운 계절"의 바다에 "망초꽃 가
득"한 논밭을 연결시킨다. 이어 "까악까악 갈까마귀 울고 가
면/ 일제히 고개 드는" 것이 "망초꽃"이라는 구절을 덧붙인
다. 시인은 지금 논밭에 가득한 망초꽃으로부터 망해 버린 민
초를 연상하고 있는지도 모른다. 이내 그는 "갈까마귀 까악
까악 우는 소리"와 "전쟁 나가 돌아오지 않는 남편의 소식"을

병치시킨다. 이들 두 이미지의 병치는 일단 시의 분위기를 음산하게 만든다. 많은 사람들이 이들 이미지로부터 6·25 한국전쟁이나 베트남전쟁 등의 이미지를 떠올리지 않을까 싶다.

　이 시에서 시인이 예의 두 이미지를 병치시키는 까닭은 단순하다. 일단은 그가 각각의 이미지가 이루는 음상의 효과에 많은 관심을 쏟고 있는 것으로 보인다. 하지만 이들 두 이미지의 병치는 금세 역사적 상상력을 불러일으킨다. 역사적 상상력이라고 했지만 실제로는 오늘을 만들어가는 낱낱의 삶의 축적과 함께하는 것이 그것이다. 역사라고 하는 것이 결국은 낱낱의 삶이 축적되는 과정에서 이루어지는 것이기 때문이다. 그의 시가 낱낱의 삶과 함께하는 자연을 소재로 하고 있는 것도 이와 무관하지 않아 보인다.

3.

　김젬마의 시와 관련해 낱낱의 삶과 함께하는 자연, 낱낱의 삶과 함께하는 역사에 주목하는 까닭은 별로 복잡하지 않다. 그의 시에서도 시간과 함께하는, 곧 역사와 함께하는 이들 삶이 모이고 쌓이면서 전통 및 토속의 가치를 만들어가고 있기 때문이다. 그렇다. 그의 시에는 일정 부분 이러한 뜻에서의 전통 및 토속의 가치가 흥겹게 노래되고 있다.

　전통 및 토속의 가치는 시간의 앞자리보다는 시간의 뒷자리에 서기 마련이다. 점차 사라져가는 것들이라는 점에서 이들 가치는 심미적인 추억이나 향수를 불러일으키기도 한다.

뿐만 아니라 점차 사라져 가는 것들은 때로 온고지신溫故知新이나 법고창신法古創新의 대상으로도 존재한다. 물론 이는 김젬마의 시에서도 마찬가지이다. 이러한 면면을 찾아볼 수 있는 그의 시로는 「발신처 땅 밑」「별 하나 따서」「수의」「할미꽃」 등을 예로 들 수 있다.

별 하나 따서 구워서 불어서

뚜께 덮고 따께 덮고

별 둘 따서 구워서 불어서

별 셋

별 넷

별 다섯 따서 구워서 불어서

쏟아지는 별을 앞치마에 담아

별을 나눠주던 엄마

손톱에 아주까리 잎 곱게 싸

봉숭아 물 들어갈 때면

졸음에 지친 막내는

엄마의 치맛자락 속으로 들고……

오늘 밤 그 별을 만날 수 있다는

기별이 섬강에서 왔다.

항거리 징거리 박거리

인사만사 주머니 끈

똘똘 말아 장두칼

제비 쪽쪽 모감주

하이경 소이경 허리띠 끈

아야야, 엄마 별이 쏟아진다.

—「별 하나 따서」 전문

이 시에는 별과 관련된 두 편의 옛 아요兒謠가 인용되어 있
다. 5연으로 구성된 이 시의 1연과 4연의 내용이 바로 그것이
다. "별 하나 따서 구워서 불어서/ 뚜께 덮고 따게 덮고" 하는
1연의 내용은 여름날 밤하늘에 가득 펼쳐져 있는 별들을 바
라보며 엄마와 형제들이 함께 부르며 놀던 옛 동요이다. 여
름밤 앞마당에 멍석을 펴고 누워 별로 가득한 하늘을 바라보
며 엄마와 형제들이 함께 불렀던 옛 노래 말이다. 그러한 여
름밤 "쏟아지는 별을 앞치마에 담아/ 별을 나눠주던" 흉내를
내기도 했던 것이 엄마이다. "손톱에 아주까리 잎 곱게 싸/
봉숭아 물 들"여 주기도 한 엄마……

너무 추워 하늘의 별을 볼 수 없는 겨울밤도 그냥 보낸 적
이 없다. 엄마와 형제들이 다 함께 아랫방이나 윗방에 다리를
쭉 펴고 앉아 "항거리 징거리 박거리/ 인사만사 주머니 끈/
똘똘 말아 장두칼" 하며 한바탕 놀았기 때문이다. 그러다
가도 잠시 창문을 열면 하늘 가득 쏟아지던 별들이라니!

하지만 이제는 서울, 부산 등의 대도시에서는 더 이상 밤

하늘의 별을 보기가 어렵다. 서울, 부산 등의 대도시가 아니라고 하더라도 웬만한 삶의 터전에서는 하늘의 별을 만나기가 어려운 것이 대한민국의 현실이다. 심지어는 면 소재지 정도의 마을에서만 하더라도 너무 밝고 환해 별을 보기가 어려운 형편이다.

별을 볼 수 없는 가장 큰 이유는 대한민국 하늘의 과도한 오염 물질이 시야를 가리기 때문이다. 그뿐만 아니라 밤에도 환하게 켜지는 크고 작은 도시의 불빛들도 하늘의 별이 사람 곁으로 내려오지 못하게 하는 중요한 원인이다. 그래서일까, 시인에게는 "오늘 밤 그 별을 만날 수 있다는/ 기별이 섬강에서" 온다. 이들 구절을 통해 시인이 말하고 싶은 것은 무엇인가. 그로서는 지금의 시대가 "섬강에서"나 별을 만날 수 있는 형편이라는 것을 강조하고 싶은 것이리라.

이처럼 자신의 시에서 그가 전통 및 토속의 가치에 주목하는 데는 남다른 뜻이 있다. 이는 이들 가치에 주목하고 있는 또 다른 그의 시 「할미꽃」에 의해서도 확인이 된다. 이 시에서는 그가 "눈 부릅뜬 아파트"로 인해 제자리에서 밀려나고 있는 할머니의 무덤을 주목하고 있기 때문이다.

시인 김젬마는 신앙심이 매우 두터운 사람이다. 그뿐만 아니라 늘 균형과 조화의 마음을 잃지 않는 것이, "수의 만들어 곱게 시렁 위에 얹어놓"(「수의」)는 마음으로 사는 것이 그이다. 앞으로도 그가 자신의 시를 통해 지금껏 보듬어온 작고 조그만 것들에 대한 사랑을 정갈한 마음으로 가꾸어나가기를 빈다.